KB006133

이팝꽃 가문

국립중앙도서관 출판예정도서목록(CIP)

이팝꽃 가문 : 박경순 시집 / 지은이: 박경순. -- 서울 : 토
담미디어, 2018
    p. ; cm. -- [토담시인선 ; 031]

ISBN 979-11-6249-034-1 03810 : ₩9000

한국 현대시[韓國現代詩]

811.7-KDC6
895.715-DDC23   CIP2018009237

이팝꽃 가문

박경순 시집

토담미디어

일가一家를 일구었다는 것은
우주의 한 기둥을 붙잡고 버티었다는 것이다

아버지, 박춘식
어머니, 김방중

두 분의 유산이자 증거인
후손의 뼈대로
이 책을 바친다.

차례

1부

이팝꽃 가문

모내기하는 논둑길로 아버지 걸어 오신다

한산 모시적삼이 눈부시다

어머니의 손마디 올올이 시리다

새벽 떡 장사 나가신 할머니

오일장 따라 고무신이 헐겁다

돌아오는 함지박 안

쌀 튀밥이 배부르다

보릿고개 보리피리 불던 유년시절 아런한데

달빛 아래

할머니의 젯밥 고시래한다.

우물의 집

낮아지다가 봉당마루로 들어온 햇살은
내 눈썹까지 비춰 낮잠을 깨우곤 했지

가지런한 단발 머리같은 햇살이 내려와
물의 얼굴을 간지럽혔지

대문 턱 낮은 울안의 우물에서
두레박으로 길어 올린 한나절이 길게 늘어졌지

우물 안의 잘 자라는 이끼처럼 살갑던
내 밑의 동생들이 나를 웃자라게 했지

아버지의 먼지 낀 축음기는 바다 건너 편
이야기를 들려주었고

우물 안의 하늘이 가장 맑은 세상인 줄 알았던
유년의 울타리 안에서 그리 멀리 떠나오지 못했지

나 다시 돌아가면 아직 깨어나지 않은 낮잠 불러
이미 닫힌 우물의 이야기를 듣겠네

햇살 이불 삼아 혼곤히 잠들어 물이끼 피는 소리
들어 보고 싶네.

이 풍진 세상에

~ 박경순 잘잖녀 ~

어느 날 아침 일어나 보니
유명해졌다는 시인과
어느 날 아침 일어나
아버지로부터 호명된 시인이
어떻게 다른지 모른다

실시간 검색어가 뜨는 인터넷 창이 아닌
아버지 핸드폰의 창에 이름이 떴다
　'딸아'로 시작되지 못하고
문자화된 부성애
손 끝 발 끝 머리 꼭대기까지 저려온다

팔 십 목전 아버지가

초등학생 손녀로부터 배운 실력으로

이 풍진 세상에

한 몸 던지신다.

아버지와 붕어찜

독감 끝에 찾은 강나루 붕어찜
물 위를 뛰어다니는 소금쟁이같이
마둔 저수지에 갔다

가뭄 깊숙이
참붕어를 품고 있던 저수지
지느러미 다소곳한 알배기 두 마리를 낚아 올렸다

팔십 년 넘은 칼집으로 붕어의 머리를 단칼에 도려내셨다
자식들의 도리질이 아뜩해지고 아버지의 독감은 쉬이 잘려
나가지 않았다
붕어의 내장은 저수지 밑바닥처럼 미끈거렸다
아직도 뭉글뭉글 알집을 꿈꾸는 아버지

훅 흙내를 풍기며 한 생의 진창이 마무리되는 걸까

아버지의 입에서는 뻐끔 비릿한 말들이 피어오르기 시작했다

저수지의 긴 둑 아버지의 허리를 휘감자
붕어 비늘 술잔 위를 배회한다.

침묵의 문
— 중환자실 앞에서

1

　장대 같은 두 아들 해바라기 닮은 네 딸이 그 문을 지킨다. 시간은 앞을 다투기 시작한다. 생의 밑천이란 어처구니없다는 것을 천 마디 침묵 속으로 밀어 넣는다. — 헛디딘 발을 너무 서둘러 빼려고 하지 마세요. 바람 잘 날 없는 가지 많은 나무도 그 가지들이 버티게 해 주는지 모르잖아요. 끊임없이 흔들려도 밑동의 자리 의심하거나 허약할지 모른다는 걸 왜 깨닫지 못했을까요. — 서둘러 오는 새벽처럼 풀어진 끈 동여매지 못한 채 신발 뒤축 질질 끌려 다니다 문지방 넘으며 곤두박질 당한다.

2

　갈잎 같은 아내의 눈 밑이 짓무르기 시작한다. 굳어지는 혀는 가뭄에 논바닥 갈라지듯 쓰라리다. 모래시계처럼 시간을 거꾸로 돌려놓을 수 있다면 이미 침묵의 경계 넘는다.

두 손 모아 합장하며 무릎마다 천년의 시린 아픔 딛고 디디
며 푸석거린다.

3

　구십 노모의 애간장 끊어내 문고리에 칭칭 건다. 목숨과
목숨을 맞바꿀 수 있는 거라면 저승사자의 발길에 채여도
돌처럼 길 위에 구를 수 있으리. 돌처럼 침묵할 수 있으리.
단장에 실린 무게 복도의 끝과 끝 가르며 손등에서 벗어난
하얀 종소리 폭포처럼 부서져 내린다.

아버지의 흑백사진

당신에 대한 나의 첫 기억은
사진 속 눈부신 헌병 모자, 거기서 걸어 나와
햇살 좋은 툇마루에 내 졸음을 앉혀 놓고
단발 머리 소녀를 현상해 준 어느 봄날의 오후입니다

그때 바라본 아버지의 이마는 반짝였고
마주친 눈빛만으로도 온 세상을 향해
달려 나갈 내 운동화 끈을 단단히 맬 수 있었습니다

당신의 가슴에 달아드리고 싶던 꽃을

당신의 어깨를 흔들어 놓은 바람에
땀을 식히려고 허리를 펴는 잠시,

울타리를 떠난 자식들의 빈 자리처럼

이빨 빠진 잇몸으로 새어나가는 헛말처럼
방의 한 쪽 벽에 걸려 있는 흑백사진

어느 덧 당신의 겨울에
잔기침 뱉어놓는 머리맡에
당신을 매달아 둔 사진이 낯설어지고 있습니다.

아버지의 바다

당신의 가슴 속 출렁이며
수평선에 이르려다 밀리고 밀려나
자괴감으로 무너진 하얀 파도는
깊은 수심의 난류 따라
풍성한 어랍 체취하고서
고된 몸 담그라고 당신이
모래톱에 쌓아 올린 성벽
무수히 휩쓸어 버렸을지도 모르는데

당신의 가슴 속 파닥이며
지평선에 다다르려다 찢기고 찢겨
짙은 한숨으로 부서진 날갯짓은
높이 날아올라 가장 먼 세상을 구경하고
돌아와 들려 줄 이야기로
마른 모래 숨통 트이리라

황홀에 취해 빛나던 당신의 꿈
게딱지에 달라붙어 옹그러들게 했을지도 모르는데

아아, 살아나는 당신의 바다여…….

아버지의 문갑

어느 날, 고즈넉이 자물쇠 채워진 서랍 열어
저 너머의 세월 꺼내 보이시던
주름진 손마디가 눈에 어른거립니다.

세월을 찍어 낸 사진들이
한 시대의 사명으로서 유용한 증명서마다
새의 발자국처럼 박혀 있었습니다.

일등성, 이등성의 밝기로 쏘는 큰 별의 광량으로
아버지의 어깨 빛내 준 훈장은 아니어도
총총히 여백의 선 따라 질서 지키고 있는 뭇별들

저희들 가슴 한복판 몽글한 젖멍울로 자리잡습니다
구차스런 삶과 삶의 실루엣 속에서도
길 열어 줄 무언無言의 말씀들

이제 마음의 갈피로 부옇게 물안개 피어오릅니다.
작은 공간 안에 수장되어
숨결 고요한 이끼꽃들

평소 과묵하시다가 세심한 보살핌의 더듬이로
일침을 주시는 깊은 사랑
당신의 문갑 원목의 나이테로 새기고 싶습니다.

커플링

아버지의 반지는 엄마의 연골처럼 닳아 없어졌다
엄마는 손가락이 잘려나가지 않은 게 천행이라 여겼다

작은 아버지는 형님의 손가락을 위무하고 싶었다
끼고 있는 반지를 빼서 형님의 수호신이 되어 주었다

시동생의 허전한 손가락이 빈 마음에 떠돌아
두 사람의 커플링으로 우애를 녹였다

형제는 나란히 손가락에 우와 애를 걸고
그날 하루를 붕어찜에 우려 목울대가 걸걸했다.

2부

김 여사님, 꽃 여사님

당신이 이고끌고 나르던 세월
시궁창 바닥으로 구르고
눈 뜬 봉사처럼 앞길이 절벽이라
가슴 치던 날도 꽃은 피었지

대명천지에 꽃 피우는 일 보다
보람있는 일 또 어디 있더냐고
새 집 짓고 들인 노란 국화분들이
꽃 여사님의 꽃시절 꽃피웠지

님 본 듯 꽃 반겨 마음 여는 당신
남들 하기 좋은 말로
치마 둘러 여자라고 내둘러치지만
인정만은 둘째가라면 서러울세라

집 나설 때마다 빈손인 적 없고
쌀 한 톨이라도 남에게 보태주어야
직성이 풀리는 여린 심성이라는 걸
바람이 알고 천 개의 눈동자 끄덕이지

사는 일이 한숨으로 태산을 쌓고
바람 잘 날 없는 가지들이지만
당신이 앉은 자리가 극락이고
당신의 헐은 무릎이 대들본 줄 왜 모를까

천하에 이름 날려 당신의 높은 뜻 세울
기둥은 못 되었어도
침 뱉을 만치 배은망덕하지 않으니
오늘도 꽃은 피고 또 피우지요.

정선 아라리

내가 왜 이런 대냐
얼빠진 사람처럼 여기저기 돌아다니고 싶어야
다리도 성하지 못한 주제에
엄마, 어디 가고 싶은데
　'내 고향…….'에서 보닝께 정선 장날 수수팥떡이
구수하니 먹음직하더라만
그렇게 시작된 정선 아라리는
산을 굽이굽이 돌고 돌아가는데
구인승 승합차의 승객이 몇 만의 관중이라도 되는 듯
구성지게 뽑아대는 김 여사의 노랫가락만은 못하더라.
어차피 악보에도 없는 인생살이다 보니
남녀 가수, 시대 불문, 장르 불문하고
늘어지고 올라가고 내려가고 제 멋 대로인데
김 여사님의 남편, 딸, 조카, 사촌이 모두
수수팥떡에 버무려져 산자락 곱게 깔리더라.

길게 눕는 산자락에 덮이더라.

뭉그러지지 않고서 어찌 한 통속이 될 수 있을까

스스로 뭉그러지길 자처하는 그 뜨거움에 데여

한동안 후유증에 시달리기도 하는데

어느 정도 아물어 갈 때쯤이면

가물가물 정선아라리는

가슴 한 켠 흔들어 놓으리라

영화 구경

설날, 영화 구경 인원 파악을 한다

나두 가야 혀
내 꺼도 끊어

늦은 밤 봉창 두드리는 듯한 소리

극장에 도착, 김 여사님의 행방이 묘연
화장실 앞에서 똥마려운 강아지 마냥
엉덩이 쭉 빼고 활자 다리를 한 채로
남자 화장실 쪽을 기웃기웃

막내 아들이 화장실에서 나오자마자 팔짱을 끼며

나 옥수수 튀긴 거 사줘

젤 큰 넘으로 사 줘

영화 보는 내내
양동이 만한 팝콘 껴안고 드신다

영화관에 갈 때마다
김 여사님의 팝콘이 따라온다.

김 여사님, 한 곡조 뽑으시죠

입덧 하는 것도 아닐텐데
수수부침이 자시고 싶다 해서
열일 제쳐두고 렌트카로
정선 에오라지 길
석양이 뉘엿뉘엿해지도록 달렸겠다
온천수로 피로 풀고
이튿날은 동해 해안선 도로를 달리며
툭 트인 시야에 가슴 후련해졌겠다
이만하면 도리는 다 했다 싶었는데
큰 딸 전화를 받자마자
김 여사님 다소 흥분된 목소리로
운전기사가 영 재미없다 얘
노래하라는 소리도 없이
냅다 달리기만 하느만
시인이랍시고 고상만 떤다야

그러더니 난데없이 전화기 붙들고
신명나게 노랠 불러 제키시는 게 아닌가
수화기 너머 장단 맞추는 소리까지
차 안은 고성방가로 한 나절이 들끓었다
이런 상황을 두고
꿩 잡는 건 매라고 하는 건가
혹시라도 김 여사님을 만나시거든
다른 이유는 달지 마시고
그냥, 간청하듯이
김 여사님, 한 곡조 뽑으시죠
그 말 한마디면
최고의 찬사를 받을지도 모릅니다.

고장 난 벽시계

군 생활 중인 외손주 면회 간 김 여사님
삼겹살에 점심 거나하게 자셨겄다
갈바람 서렁서렁 부는
연병장 운동장에 자리 깔고 앉았는데,
외손주 위로하고 싶은 맘에
한 자락 구성지게 뽑아 대신다
한두 번 사랑하고 났더니
내 젊음이 다 지나갔더라
저 벽시계는 고장나 멈추었는데
야속한 세월은 멈출 줄 모르네
대충 이런 내용으로 된
나 훈아의 고장 난 벽시계를 불러 제키는데
아뿔싸, 시계를 몇 바퀴라도 빨리 돌리고 싶은
군인의 심사 어지럽겄다
뽀얀 먼지 일으키며 지나가는 동료들 피해

얼른 자리 뜨는 아들의 뒷전에서
어느 장단에 춤춰야 하는지
인생 참 콩나물 대가리 같구먼.

* 고장난 벽시계 ; 가수 나훈아의 노래 제목

나의 시 선생님

참나무 숯 불가마 앞에서 늙은 몸을 연마하시는 (남은 여생 잘 달구어지시길)

한 날은 젊은 처자가 책을 보길래 어깨 너머로 흘깃거렸단다 용기백배하여, 저기 말씀 좀 여쭙겠는디유, 이런 책은 어렵지유?

그냥 재미로 읽는 거예요

우리 딸이 책을 몇 권 냈는데, 글자를 다 메꾸지 않고 허연 종이가 많이 남았데유

이 책은 소설이구요, 따님이 시집을 내셨나보군요, 시가 더 어려울 수도 있어요
나는 니가 글이 모자라서 쓰다만 줄 알았더니, 우리 딸이 그

렇게 훌륭한 줄 몰랐네, 이 에미가 무식해서.

내 얼굴이 후끈 열꽃 피어오르게 하시는
내 시집 속 꽃 가운데 김 여사님

시 공부 좀 해랏
왠지 그 말씀 같아서.

엄마에게서 들었다

눈뜨지 않게 해 달라는 기도
이불 속에 묻어 두고 나왔다며

입술을 살짝 떨고 있는
그 손을 잡고 따뜻함을 나누었다

손에서 손으로 흐르는 따스함이
베갯머리 두려움을 데우고
저녁의 문지방이 낮아지기를

포근한 어둠을 덮고 누운
깊은 잠이 무덤이 될 때까지

이불 속에서 나오며 다시 시작되는
몸뚱이들의 불편한 관계에 대해

아침은 고작 베개의 높이만큼
뻐죽 고개를 내밀었을 뿐인데

지속되는 시간의 무거운 소리를
어느 날 아침, 엄마에게서 들었다.

쓸개

수술실 옆 전광판에는 목숨들이 수시로
살아있음을 불빛으로 깜박인다.
그 불빛마다
죽음보다 깊은 눈빛들이 훑고 지난다.
아무도 숨소리에 거슬리는
옷자락을 여미지 못하는 사이
정적 속으로 기다림은 이미 녹아진다.
꼴까르르 꼴까르르
기다림이 내뱉어 놓은 전화벨 소리에
심장이 행주처럼 쥐어 짜진다
포대기에 싸인 아기처럼
황달 든 감잎 크기만 한 쓸개를 내보이고
외과의사는 청색의 옷자락 날리며 사라져갔다
어머니의 쓸개는 그렇게 세상 밖으로 밀려 났다
똥물보다 더 쓰다는 쓸개즙이 더는 당신의

몸 속 취약한 곳을 흘러 다니지 않을 거라는
위안을 곱씹으며
인생 칠십에 쓴 물 다 녹여 내리고
단물을 쪽쪽 빨며
쓸개 빠진 여자로 살아달라고
열 네 개의 입술 달싹 거리는 사이

무릎의 기도
— 엄마의 인공관절 수술

제 몸 태우는 촛불을 빌어
하늘에 닿은 콩나무를 빌어
3%의 염도로 썩지 않는 바닷물을 빌어
공양미 삼백석을 빌어

제2의 영혼이라는 희망을 빌어
겨우 숨통 열어 짓는 시를 빌어
장독대 다녀간 달빛을 빌어
닳아서 거칠어진 지문을 빌어

미안하고 또 미안한 마음을 빌어
늦었다고 후회하는 순간을 빌어
일생에 단 한 번 꿇는
엄마의 무릎을 빌어

제! 발!

기도라는 말

남들은 어떻게 입 밖으로 꺼내는지 모르겠어요
나는 그 말을 내뱉으려면 입 안에 혀가 녹고
울 엄마의 헐은 무릎이 목울대를 눌러
기도가 콱 박히는 것 같데요

수미산을 오르며 닳기 시작한 관절들과
밤마다 기도를 올리느라 갈라진 목청이
천지사방 가 닿지 않을 곳이 없지 싶데요

남들은 기도의 효험을 보기도 하는지 모르겠어요
나는 그 말을 들으면 귓속이 울렁거리고
울 엄마의 몽당손이 가슴에 와 닿아
호흡이 멈출 것만 같데요

기도라는 말 대신 기다림이라 말하고

울 엄마의 은신처라 위로하고 싶네요
간절하다 보면 닿을 수도 있는 그곳

본래의 모습으로 가다듬기 위하여
기도라는 말에 빚지지 않기 위하여
햇살 속에 공기 방울방울 나를 비춰 볼래요

* 수미산 ; 불교의 세계관에서 세계의 중심에 솟아 있다는 상상의 산

개구리는 울지 않는다

우리 육남매는 청개구리로 자랐다

엄마는 광주리에다 가득 담아 이고

하루에 오십 리를 돌아다니며 개구리밥을 팔았다

이모는 엄마의 다리가 로봇이 아니라고 타이르셨다

그 말이 적중해서 O자형 다리로 휘었다

우리 육남매는 철든 청개구리가 되었지만

엄마의 다리는 원형으로 돌아오질 않는다

이제 머리에 광주리를 이고 다니진 않지만

머리는 여전히 무거운지 목이 납작하고

굴렁쇠처럼 휜 다리 사이로 하늘이 드나든다

바짓가랑이로 허공을 키운 까닭이다

목욕탕에 가서 알몸을 보았을 때

탕 안에는 이제 막 뒷다리가 펴지려는지

힘겨운 개구리가 헤엄치고 있다

뒷다리가 쑤욱

앞다리가 쑤욱
연못 안으로 들어가지 못하고
피리를 꺼내 불고 있다
나는 한 마리 개구리 왕눈이.

3부

어머니 1

어머니, 오늘밤도 당신께 드릴 한 마디 말을 찾기 위하여 애써 촛불을 밝히려 합니다. 촛불이 밝기를 잃은 지 오래건만, 당신이 받쳐 든 촛불은 갈수록 촉수를 더해가고 있습니다. 이 세상 어느 빛이 당신이 밝히시는 그 빛을 가르겠습니까.

어머니, 마음이 울적해지는 이런 밤이면 습관처럼, 당신을 그려 보지만 당신 앞에 내놓을 그 한마디는 쉬이 떠오를 줄 모르고 애꿎은 촛농만 떨굽니다. 아직 새벽이 멀리 있다지만, 시간은 덧없이 흐른다기에 이 밤 비할 데 없이 초조해지는가 봅니다.

어머니, 밤이 깊어 갈수록 당신의 미소진 얼굴이 회한의 그림자 드리우는 듯 합니다. 당신께 바칠 한 마디 말을 위하여 공연히 백랍초를 태울지라도 이런 밤들이 쌓이고 나면

언젠가 신어神語처럼 떠오르리라 믿으며 바람 가로막으렵
니다.

어머니 3

당신의 목소리는 보리밭 이랑 위로 살랑거리는 풀빛으로 물들어 갔습니다. 당신이 살아 내신 인고의 세월들이 당신의 깊은 목주름 속에서 점점 더 푸름을 더해 가는 까닭에 내 가슴에 쌀눈만큼 자라기 시작하면서 당신을 그리는 일이 하늘을 올려다보는 일보다 더 힘든 일이 되어 갔습니다.

어머니, 살아가는 동안에 무엇을 버리고 무엇을 지켜 가야 하는지 아직도 당신께 물어 볼 용기가 나지 않습니다. 당신의 용서 없이는 내 생에 어떠한 훈장도 빛날 수 없다는 것을 잘 알고 있기에.

어머니 2

어머니, 당신의 손이 그립습니다.
헝클어진 내 머리 쓸어 내려 줄
당신의 갈퀴손이 그립습니다.
바람 찬 언덕 위에서 바람막이 되어 줄
보자기 같은 당신의 손이 그립습니다.
닳을 대로 닳은
헐 대로 헐어버린
몽당 빗자루 같은 당신의 손으로
내 기름진 배를 문질러
산뜻한 섬유질로 바꾸고 싶습니다.
잠 못 드는 밤
머리맡에서 어지러운 이마 짚어 줄
당신의 햇살 품은 손이 그립습니다.

언 땅을 녹여 꽃을 피워야 하는 봄이기에.

어머니 5

한낮
짜릿한 햇살과 눈 맞아
증발한 수증기는
한 밤 중
교교한 달빛 타고
물이 되어 땅으로 내려왔다

웅덩이 속에
고인 물은
썩었을까
썩지 않았을까

어머니 4

　어머니, 당신의 뱃속에서 나올 때 눈물주머니 두고 나왔나 봐요. 당신의 눈가에 눈물 마를 날 언제런가요. 당신의 딸로서, 보람과 기쁨 가득 안겨 드리자고 거듭 다짐하건만 어이 일이 가로꿰지고 수심 넘쳐나 당신의 눈물샘으로 스며드네요. 그나마 부덕한 소치로 영원한 내일의 희망 속에 살아 갈 수 있는 것은 지문이 닳아 없어지도록 정한수 바쳐 빌고 비는 당신의 공덕인 줄 어찌 모르리까.

　어머니, 당신의 뱃속으로 다시 들어가 내 몫의 눈물주머니 떼어 낼 수 있다면 새로운 세상에서 웃음꽃 만발할까요?

어머니 7

어머니, 눈이 내려요
슬픔처럼 눈이 내려요
슬픔은 한가한 곳에만 스며든다는데
이 대지도 이젠 제법 한가해졌나봐요
날마다 찾아 드는 부산스러움 속에서
발자국의 깊이 잴 수 없었는데
하얀 눈 슬픔처럼 소복이 쌓이면
그 위로 내 발자국 새겨지겠네요.
첫 글자 새기려고
연필심에 침을 발라 가며
꾹꾹 눌러 쓰던 유년의 기억처럼
어머니, 당신은 금방 아실 테지요
한 발 한 발 내디딜 때마다
발 옮기기 얼마나 힘겨웠는지
스쳐 지나 간 발자국들 찾아 내

기꺼이 당신의 손으로 쓸어 덮어 주실 테지요

꼿꼿하게 내딛지 못한

부끄러운 내 발자국들을.

어머니 6

어머니, 망치 하나 준비하세요. 땅 속에 숨어 살지 못하는 두더지가 되었어요. 당신의 딸이 땅 속이 숨이 막혀요, 헉헉 숨이 가빠요, 땅 위로 올라가고 싶어서, 불쑥불쑥 솟구치는 열망을, 밀어, 올리고, 싶어서, 햇빛에 눈을 뜨지 못하는, 눈을 감고서라도, 햇살이 그리워, 자꾸만, 땅 위로 머리를 내밀어 보고 싶어요.

어머니, 당신의 망치로 힘껏 두들겨 주세요. 당신의 쇠잔한 기운으로 저를 땅 밑으로, 밀어, 내리시면, 어둠 속에도, 빛이 스며 들 거예요.

친정 나들이

호시절 놓칠세라
꺾꽂이 고이 하시던
애연의 어머니 그리메

하얀 실뿌리
채 내리지 못한
여린 손 어르며 간다.

혼 불 빠져 달아나던
어느 광녀狂女의 발떠퀴
내 발에 옮겨다가

친정집 대문 안 장미 나무 우듬지
두고 온 정의 끄트럭
은휘 없이 흔들어 맞아 주니

거듭할수록 새뜻한 모정 속에

시각을 천추하고파

베갯머리 사렴蛇廉만 늘어간다

엄마의 텃밭

옥상으로 올려진 흙은 숨이 턱까지 차올랐다. 흙더미 잘게 부수고 북돋웠다. 웅숭한 깊이 속에 묻힌 그 세월 시멘트 바닥 위 사상누각이 될 리 없다며 한숨도 찔러 넣고 쓸개즙 꾹꾹 짜내어 웬만한 잡초 얼씬거리지 못하게 하였다. 철없는 오이는 팔을 뻗다가 하마터면 전깃줄에 감전될 뻔 했다. 하루 종일 벌 나비가 날아와 주지 않는다고 호박꽃 입이 늘어지도록 하품을 해댔다. 석양 속에서 토마토는 붉은 입술 달싹거리며 푸르던 시절 가슴속 흥건히 적시고 있다. 받침대 헐거워진 고추는 매운 맛도 모른 채 허리가 휘어져 땅바닥으로 엎어지려 한다. 첫서리 맞은 가지는 더 달고 맛있다고 텃밭 옆 장독대 간장 까맣게 애태웠다. 태엽처럼 감겨 있는 고무호스 고혈압으로 군데군데 헐어 있다. 하도 똥끝이 타서 괄약근이 헐거워진 호스 끄트머리 얄팍하게 늘어져 있다.

지상에서 멀어져 중천에 걸려 있는 저 팍팍한 마디 굵어진 손!

어머니와 포도

어머니,

이제 곧 여름이 시작되고

이 여름은 또 다시

받침대에 몸을 포개고

어울 더울 뻗어 나가

덩굴마다 상클상클 열릴

육사님의 청포도로 짙푸르러 가겠지요.

그러나

당신으로부터 가지 쳐 나온

여섯 줄기에서 맺을 포도알들은

청록의 잎사귀 뒤에서

익어갈수록 진해지는

햇간장의 빛깔로 단맛을 태워 가겠지요.

당신의 뒷목 찍어 누르던 포도 광주리의 무게가

당신의 두 다리 질질 끌게 하던 그 무게의 압력이

당신의 뼈와 살 녹이던 그 압력의 부피로

송이송이 탐스런 열매를 열고

마목이 되어버린

당신의 신경통 욱신거리는

통증 속에서.

4부

설악 단풍

구월이 가고
시월도 가고
부모님 두 분만 떠난
설악 계곡
아버지의 폐렴 같은
계절만 남아
객혈로 쏟아낸다
미시령 넘은 바람
목젖에 걸려
살아도 살아도
발아래 디딜 곳은 언덕이다
신발끈 다시 매려니
이마에 흘러내린 흰머리
굼뉘되어 부서진다
올 단풍만 태우고 나면

칠십 평생 내 주던 등

등꽃 되어 환하게 비추리.

단풍이 왔다

김 여사의 다홍치마엔 가을이 없다
붉을 새 없이
치마폭마다 시집살이가 치렁거렸다

새색시의 홍조빛 얼굴에도 가을이 없다
새벽밥에 새신랑 도시락을 챙기고 군복무하는 먼 길이 벼
랑이었다

해산의 몸도 풀지 못하고
땅 한뙈기 장만하느라
길에서 시작된 발품은 삭정이가 되었다

꽃놀이 단풍놀이 철따라 다닐만한 살림살이에도
다홍치마의 그늘에 신음소리 깊었다

팔순을 앞두고 천식 같은 남편과

단풍 같은 딸들 앞세워

제주 바람 쐬러 간 김 여사의 얼굴에도 단풍이 왔다

곱디고운 색 다 바래고

바싹 마른 단풍도 단풍잎이라고

얼굴 가득 거무죽죽 물들었다.

맑아라 등 뒤

꽃무릇이 햇살에 기우는 구월
하늘이 맑아
흰구름도 제 등을 내보인다

바위에 기대 담쟁이 붉어가는
야트막한 언덕을 오르는 발길들
나무 등걸 아래 머무른다

아버지는 두 팔에 이마를 대고
새우등처럼 굽은 혼곤을
바람 그늘에 말리고 계신다

식은 땀이 밴 아버지의 잔등을
손바닥으로 훑어 내리는 어머니의
아직 닿지 않은 미래가 축축이 젖는다

팔십을 너머 백 년을 쓰다듬으며
아버지의 등 뒤에서 마주치는
눈빛이 맑아 서럽다.

미나리 초무침

찌는 듯한 더위에
새벽부터 엄마가 무쳐 온
미나리는 폭싹 숨이 죽었다

침을 꿀꺽 삼키기도 전에

일평생 월급봉투 한 번 받아본 일 없다며
초토화된 엄마의 무릎에서
파릇한 미나리 싹이 돋았다

어쩌다 아버지는 그 싹을 싹뚝 잘라
초를 치셨을까

혀를 끌끌 차려다가

아버지의 턱 밑의 밑동 잘린
깡총한 싹들이 하얗게 질려 있다

미나리 밭에 득실거리던

살기를 띤 흡착으로
피가 역류할 것만 같다

얼 룩

저 푸른 초원 위에서
질질 침 흘려 가며
되새김질하는 어린 암말들
난 엄마처럼 살지 않을거야,
고삐 풀린 망아지처럼 목구멍에서
부화된 부아난 세월들
얘야, 저 고개 넘으면 또 고개란다
올 가을엔 얼룩무늬가 유행이라며
뽀얗게 흙먼지 일으키고
내 앞을 스쳐가는 얼룩말들
삶에 짓밟히는 순간들마다
줄줄이 엮여 꾸역꾸역 올라오는
어둠을 장악하고 있던 복병들
어디로 사라지는 것일까
뒤를 돌아보지 않아도 보이는

영락없는 얼룩진 자욱들

얘야, 저 고개 너머 고비사막으로 오렴

독백처럼 우두커니 남겨진 얼룩진 말

난, 엄, 마, 처, 럼, 살, 수, 없, 을, 꺼, 여

담쟁이에 빚지다

두 손가락으로 다 꼽을 수 없는
새끼의 새끼들에게까지 뻗어 있는
울 엄마의 애착이 꼭 너 같구나

집착할수록 멀기만 한
저 욕망의 손

이젠 내려놔도 좋으련만
내려놓지 못하여
깜깜 절벽이 되어가는 고막

너처럼 달라붙어
내 소리를 전할 수 없으니

두 그루 보청기 심어 드린다

주렁주렁 소리가 잎새 피우면
카드빚도 햇살에 윤기 흐르겠다.

엄마 게

엄마, 그 걸음마 잘못 익히고 있는 거야
모름지기 사람이란 걷는 태가 얌전해야
양반이라고 가르쳤잖아요.
이제 내가 엄마한테 뭘 보고 배우겠어?
너무 요란스럽게 걸어 와서
저만치서도 알아차릴 만큼
사람들의 시선을 끌고 있잖아
주위를 돌아보며
무너지는 건 하늘이 아니고 땅도 아니고
자식들의 밥이 되어 준 관절이라고
그 시선들을 향해 일일이 답변해 줄 수 없어
벙어리 냉가슴 되는 거 알아?
가난이 스승이셨던 엄마
그 가르침대로
머리에 이고 다니던 광주리의 무게가

뼛속으로 스며 산화된 탓일 거야
내가 엄마 걸음 따라 걷지 않는다고
절대 야단치면 안 돼!

장독대에 오르는 맛

쇠잔한 가문의 기억 더듬듯

장독대에 오른다

풍만한 달의 젖가슴 품었던

달항아리 겨우 기지개 편다

어머니의 삶을 거세한

딸들의 입김 센 수다들이 졸아든

쓰디쓴 천일염

썩지 않는 속은 새까맣게 타들어간 듯

간장 빛에 겉돈다

먼 곳으로의 여행을 꿈꾸다

장독대 오르는 계단 밑

수북이 까놓은 거미 알 밟아 뭉갰나보다

발밑이 미끈거린다

곁눈질로 흘린 땀방울

항아리 속 짠 맛 보탰는지

오늘 아침 간 맞춘 미역국이 짜다

젊은 날의 염정

차츰 사그라질 때도 되었구나 싶은 건

장독대에 오르는 맛

물큰 살구를 깨무는 맛이다

전수되어야 할 어머니의 손 맛

어쩌면 더 일찍 서둘러야 할지도 모른다는

예감이 스치는 것은

장독대 흘깃거리던 저 달의 볼우물

빈 독처럼 깊어지는 탓이리라.

죽

어머니는 죽어도 죽은 먹기 싫다고 하신다. 땅 몇 뙈기 장만한 다음 해엔 죽으로 끼니를 때웠다는 말 족히 너댓 그릇 딸려 나온다.

죽 쑤는 여자 팔자 되지 말라고 팔팔 끓는 힘을 다해 대학 등록금을 대주셨다. 전공 대신 학교 앞 다방에서 비문처럼 죽쳤다는 것은 모르실 거다. 죽 끓 듯 하는 맨발이 냄비에 담겨 있다.

시집와서 시어른들 병수발로 죽처럼 부드러운 게 없더라만, 죽은 죽지 못해 먹는 것만은 아니었다. 성근 밥알도 꾸역거리며 먹던 날들이 지평처럼 죽죽 그어지고, 변죽만 울리는 갱년기, 과식한 다음 날 죽 생각이 간절하다.

땅 한뙈기 사 보지 못한 나는 어머니 생각을 소화액처럼 삼킨다.

5부

고추 따고 맴맴

딸 넷 아들 둘
막내로 아들을 얻고 단산하신 울 엄마

아들에 대한 미련 거두지 못했는지
옥상에 고추 농사 지으셨네

자식보다 실하게 열린 고추
치마폭에 가득 담고 흐뭇해 하시네

밑으로 남동생 본 나를 예뻐하시던
할아버지도 고추로 매달려 있네

이마로 흐르는 땀방울
매운 손으로 닦을 수가 없네

매운 맛에 짠 맛이 배어든 세월

밥숟가락 위에 얹어 고추 먹고 맴맴.

꽃게 먹는 저녁

소래포구 아낙의 거친 말들을
비릿하게 우려내는 저녁

누군가는 게 걸음으로 걸어온 날들을 분지르고
누군가는 비린내로 절여진 집게발의 분노를 잘라냈다

다 잘라내고 떼어내도 딱딱한 껍질 속
뽀얗고 탱탱한 살집 한 입 말씀이 된다

엄마의 저녁은 게 한 마리 몸통에 있지 않고

식탁의 냄비 속에서 보글거리며 달게 졸아들어
빈 말들이 쌓여 생겨난 꽃게들의 무덤에 있다

그 무덤에 비릿한 새싹이 돋고

이빨 사이에 끼인 헛말들을 속속들이 파낸다

내가 후벼 파 먹은 저녁으로
철썩거리는 바다가 저물고
엄마는 어두워지는 하루를 꼭 '그이'라고 읽는다.

냉장고

더위를 먹었다
여름나기가 헐떡거리는 것이다
물방울이 맺히고 상한 냄새가 난다
여닫이문이 헐거워
바깥 공기를 차단하지 못한 것이다
오래된 내용물이 담긴 용기를
깨끗이 비워내 일광욕을 시킨다
게으른 살림에 대한
과오의 땀으로 얼굴을 씻는다
스무 살 냉장고라 생각하니
과년한 딸 시집보내는 심정이라
살림 장만에 허리가 휜다
고장이 잦아 애를 먹이는 것이나
문단속이 잘 되었나 살펴보는 것이
친정 엄마를 속 썩이던 내 모습이다

딸이 없는 내가

그 속을 다 헤아려 볼 수는 없지만

냉장고의 속처럼 열불나도

가슴 활짝 열어 젖뜨리지 못했을

울 엄마의 내장이여.

어머님 전상서

나는 다 큰 아들이 엄마라고 부르는 게 좋다
이 세상엔 다 변해도 변하지 않는 말이 엄마니까

팔십 목전 엄마가 손주의 유학문제로 발끈하시는 모습에
말폭탄을 터트리고
나는 며칠째 홍수의 말 속에서 허우적거린다

변하지 않기 위해 항상 변해야 한다는
비트겐슈타인이 띄워 준 배에 오르려고
말의 물갈퀴를 빠르게 움직여 본다

엄마와 나 사이 백 년을 거스르는 소용돌이로
잔잔한 물결과 물결이
얼굴 부비며 흐르지 못하여 말과 말이 겹주름이다

겹겹이 주머니를 꿰찬 말의 그늘 속에서 벗어나지 못한
나 자신이 '엄마' 하고
부르는 아들의 목소리를 햇살로 이끌어낼 수 있다고
어찌 흘려 말할 수 있을까

변하지 않는 것은 묵은 뇌에 묻어두고 새 무덤에서 자라는
침묵을 받아 적어 더 눈이 어둡기 전에
비석처럼 빛나는 문장으로 어머니께 띄우고 싶다

엄마에서 어머니까지 걸린 시간의 방대함에 대하여.

피의 내력

심장이 너무 뜨거워

그 열기로 다리를 녹이느라

녹여서 짚세기 삼아

새끼들 뒷바라지에

가랑이 엿가락처럼 휘는 줄도 모른 채

노을을 이고 계신 어머니

심장이 철철 끓고 있어

엉덩이 보다 가슴이 먼저 길바닥으로 흘러

걸음마다 뼈저린 회한이 뒤뚱거리는데

그것이 사랑인 줄 왜 모를까만

그 사랑에 청맹과니가 되고 싶은

어떤 부랑아 자식이 있었노라고

그런 비석 하나 세워야겠다고

돌처럼 단단해져가는

피의 내력

이팝꽃 가문

ⓒ2018 박경순

초판인쇄 _ 2018년 3월 20일

초판발행 _ 2018년 3월 30일

초판 2쇄 _ 2018년 7월 30일

지은이 _ 박경순

발행인 _ 홍순창

발행처 _ 토담미디어

서울 종로구 돈화문로 94(와룡동) 동원빌딩 302호

전화 02-2271-3335

팩스 0505-365-7845

출판등록 제2-3835호(2003년 8월23일)

홈페이지 www.todammedia.com

편집미술_김연숙

ISBN 979-11-6249-034-1

잘못 만들어진 책은 구입하신 서점에서 교환하여 드립니다.

이 책의 저작권은 저자에게, 출판권은 계약기간 중 토담미디어에 있습니다.

정가는 뒷 표지에 있습니다.

모내기하는 논둑길로 아버지 걸어 오신다

한산 모시적삼이 눈부시다

어머니의 손마디 올올이 시리다

새벽 떡 장사 나가신 할머니

오일장 따라 고무신이 헐겁다

돌아오는 함지박 안

쌀 튀밥이 배부르다

보릿고개 보리피리 불던 유년시절 아련한데

달빛 아래

할머니의 젯밥 고시래한다.

　　　　　　— 박경순 「이팝꽃 가문」 중에서

9,000원　　ISBN 979-11-6249-034-1

03810